© Pour la création, le scénario et les illustrations :
A.M. Lefèvre, M. Loiseaux, M. Nathan-Deiller, A. Van Gool.
Textes : Michel Manière et Anaël Dena
Edité et produit par :
Creations for Children International, Belgique.
http://www.C4Ci.com
Pour la présente édition : Succès du Livre Éditions, 2007
Imprimé en Chine.
ISBN 978-2-73821-920-6

# Un jour
## mon prince viendra...

**Illustrations Van Gool**

# Bambi

Toutes les créatures de la forêt sont là ! Elles viennent voir le faon nouveau-né. « Qu'il est joli ! dit la pie avec admiration. Quel est son nom ? » « Bambi. » répond la biche en léchant tendrement son petit.

Bambi apprend vite à marcher. Au début, la biche, prudente, ne quitte pas le fourré. Mais après quelques jours, elle emmène Bambi gambader dans le pré.

« Que c'est beau ! crie Bambi enchanté, il y a même des fleurs volantes ! »

« Je ne suis pas une fleur, dit l'insecte boudeur. Je suis un papillon ! »

Mais un jour, la biche appelle son faon :
« Vite, Bambi, Il faut quitter le pré ».
Et les voilà qui courent à travers la forêt.
« Pourquoi faut-il s'en aller ? » demande
Bambi étonné. « Nous sommes
en grand danger ! » répond la biche,
essoufflée.

Soudain, un grand bruit retentit. Bambi
regarde derrière lui et voit une étrange
et effrayante créature. Elle est debout sur
ses pattes arrière et tient un long bâton
devant sa figure. « Cours Bambi, crie la
mère, ne t'arrête pas ! » Affolé, Bambi
détale, tandis que le bruit terrifiant se fait
entendre encore une fois.

Quand il s'arrête enfin, Bambi s'aperçoit
que sa mère n'est plus là. Il l'appelle, mais
elle ne répond pas. Il est prêt à pleurer
quand un grand cerf apparaît devant lui :
« Je suis ton père, mon petit, dit-il
doucement, tu devras désormais
apprendre à vivre seul,
mais je veillerai sur toi. »
Alors, Bambi comprend qu'il
ne reverra plus sa maman.

Bambi a surmonté son chagrin et il s'est fait plein d'amis. Il joue souvent avec sa cousine, une petite biche nommée Faline. Un matin, les faons sont tout surpris de recevoir des flocons sur le nez. Ça fait bien rire la pie qui leur crie : « C'est de la neige, mes petits, c'est froid, mais ça fond ! » Bientôt, un blanc manteau couvre l'herbe des prés. C'est difficile de trouver à manger…

Après l'hiver, le printemps revient. Bambi grandit, devenant chaque jour plus fort et plus adroit. Sur sa tête apparaissent des bois. Quant à Faline, c'est une jeune biche vraiment jolie… tout à fait du goût de Bambi ! Un an passe encore.
Et au printemps suivant, le jeune cerf se bat pour l'amour de sa belle. Et il vaincra, naturellement !

Jusqu'à la fin de l'été, Faline et Bambi ne se quitteront pas.
Hélas, un jour, l'affreux bruit retentit de nouveau dans la forêt :
les chasseurs sont de retour avec leurs fusils maudits !
Les cerfs fuient de tous les côtés.

Bambi est blessé ! Il a juste le temps de crier à sa bien-aimée :
« Cours, ne m'attends pas… » avant de s'effondrer.

Mais comme il l'avait promis, son père est
tout de suite là. Il le soutient et le cache
loin du bois et des chasseurs qui cherchent
leurs proies blessées. L'écureuil l'a retrouvé
et lui porte à manger. Après de longues
journées, Bambi guérit. Sa blessure s'est
refermée et il peut de nouveau marcher.
Son père lui dit : « Il faut t'en retourner,
tu dois veiller sur les tiens. Je suis vieux
à présent et il est temps pour moi
de me retirer ! »

Quand Faline voit arriver Bambi, elle ne cache pas sa joie.
« Tu es vivant ! Ton père l'avait bien dit et l'écureuil aussi,
mais je ne les croyais pas ! »

Elle entraîne Bambi vers un fourré où elle a caché… ses deux faons nouveau-nés ! « N'ayez pas peur, dit Bambi, attendri, je suis votre père et je serai toujours là pour vous protéger ! »

# La Belle
# et la Bête

C'est l'histoire d'un vieillard
qui, par un soir très froid,
s'est perdu dans les bois.
Heureusement, un lutin
le conduit gentiment
jusqu'au château voisin...

Après une nuit passée
dans le château désert,
il repart au matin.
Or, comme il cueille une rose,
un hurlement déchire
le silence du jardin :
« Qui touche à mes rosiers
sera mon prisonnier !

– Pitié ! crie le vieillard
à l'affreuse bête qui a surgi.
C'est pour ma fille. Elle aime
les roses à la folie.
– Alors, envoie-la moi,
elle en aura tant qu'elle voudra.
Mais qu'elle vienne vite,
sinon je me vengerai ! »

Il est bien triste
quand il repart... mais
quand sa fille l'accueille,
bien heureux de la voir !
Il lui offre la rose
et lui conte toute l'histoire.

La Belle n'a pas dit
un mot. Mais dès que
son père est couché,
elle se rend au château...
Le lutin la reçoit
avec mille politesses,
de somptueux bijoux
et des robes de princesse !

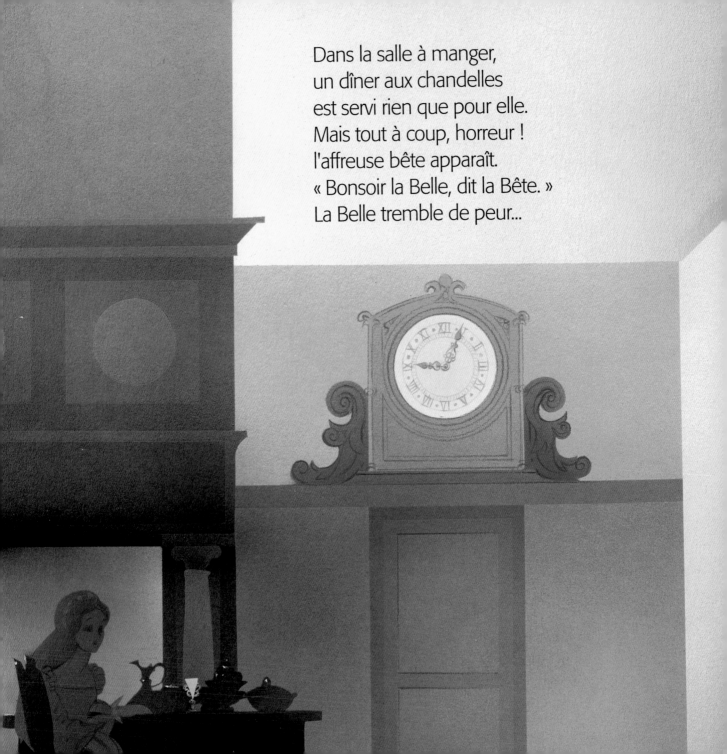

Dans la salle à manger,
un dîner aux chandelles
est servi rien que pour elle.
Mais tout à coup, horreur !
l'affreuse bête apparaît.
« Bonsoir la Belle, dit la Bête. »
La Belle tremble de peur...

Pourtant elle comprend vite que la Bête
a bon cœur. Certes, elle n'est pas jolie,
mais elle sait dire des mots gentils
et la regarde avec douceur...

Plusieurs jours passent
ainsi. Mais une nuit,
dans un miroir magique, la Belle
voit son père effondré de chagrin !
– Va le voir, dit la Bête,
mais dans deux jours, reviens !

Dès qu'il retrouve sa fille, le vieillard
se sent mieux : « Reste ici, je t'en prie ! »
La Belle reste deux jours, trois jours,
six jours... mais au bout d'une semaine,
elle repense à la Bête, toute seule
dans son château. Elle repart aussitôt.

Il était temps : la Bête allait mourir d'amour !
En la voyant, la Belle s'écrie :
– Pardon ! et l'embrasse sur le front.
Il n'en fallait pas plus : l'affreux monstre velu...

... se change en Prince Charmant ! La Belle reste sans voix, mais dans son cœur, elle l'aime déjà...

La Belle et le Prince Charmant
ont vécu heureux longtemps
et ils ont eu beaucoup d'enfants.

# Cendrillon

Il était une fois une orpheline appelée Cendrillon. Elle avait une belle-mère et deux sœurs très méchantes qui la traitaient comme une servante. Toute la journée, elle faisait le ménage. Or, un jour, grand émoi au village…

« Sa Majesté le Roi donne un bal au palais, en l'honneur de son fils. Les demoiselles bien nées en âge de se marier sont toutes invitées ! »

Aussitôt les deux sœurs font leur toilette. Cendrillon, qui n'a rien à se mettre, est triste à mourir en les voyant partir…

Mais sa marraine la fée arrive à cet instant : « Abracadabra…
Abracadabran ! » D'un coup de baguette magique, elle change une
citrouille en carrosse magnifique ! Un deuxième coup de baguette,
et hop ! Cendrillon se transforme en princesse !

« Mais attention ! » lui dit la fée, « à minuit pile, l'enchantement cesse. Tu dois absolument être rentrée avant ! »

Quand Cendrillon arrive, le bal
a commencé. Mais elle est tellement
belle que le prince abandonne
les autres demoiselles et l'invite à
danser. Comme il danse bien !
Si bien… qu'elle ne voit pas
le temps passer.

Quand elle relève les yeux, il est presque minuit !
Se rappelant soudain les paroles de la fée, elle s'enfuit.
Et c'est ainsi qu'elle perd… son minuscule soulier de verre.

Le prince n'a qu'une idée : la retrouver. Il ramasse
le soulier, bien décidé à le faire essayer
à toutes les jeunes filles à marier.

Quel défilé le lendemain !
Hélas, toutes les jeunes filles
ont beau faire, leurs pieds
n'entrent pas dans le soulier
de verre.

Mais là-bas, tout au fond, qui a levé la main ?... C'est Cendrillon ! Quand elle met le soulier, chacun peut constater qu'il lui va parfaitement ! « Et puis ! » dit-elle, « j'ai le second ! »

Quel triomphe éclatant ! Mais le plus étonnant,
c'est qu'au même moment, sa bonne marraine surgit :
« Abracadabra… Abracadabran ! » Et voilà Cendrillon
encore plus belle qu'avant !
« Voulez-vous m'épouser ? » dit le prince ébloui.
Et Cendrillon lui répond : « Oui ! »

Cendrillon invita quand-même à ses noces sa belle-mère et ses sœurs, car elle voulait que tous partagent son bonheur.

# Hansel et Gretel

Un soir, Hansel dit à sa sœur Gretel :
« Je viens d'entendre nos parents parler
dans le jardin : ils sont si pauvres qu'ils n'ont
plus rien à nous donner à manger,
et ils ont décidé de nous abandonner
dans la forêt ! Mais ne t'en fais pas,
petite sœur, j'ai une idée... »

Et le lendemain,
tout en suivant son père,
Hansel sème un à un
de petits morceaux de pain.
« Comme ça, souffle-t-il
à Gretel, nous retrouverons
notre chemin. »

Quand ils sont assez loin, le père allume un feu, puis dit
à ses enfants : « Votre maman et moi allons couper du bois,
reposez-vous pendant ce temps. »

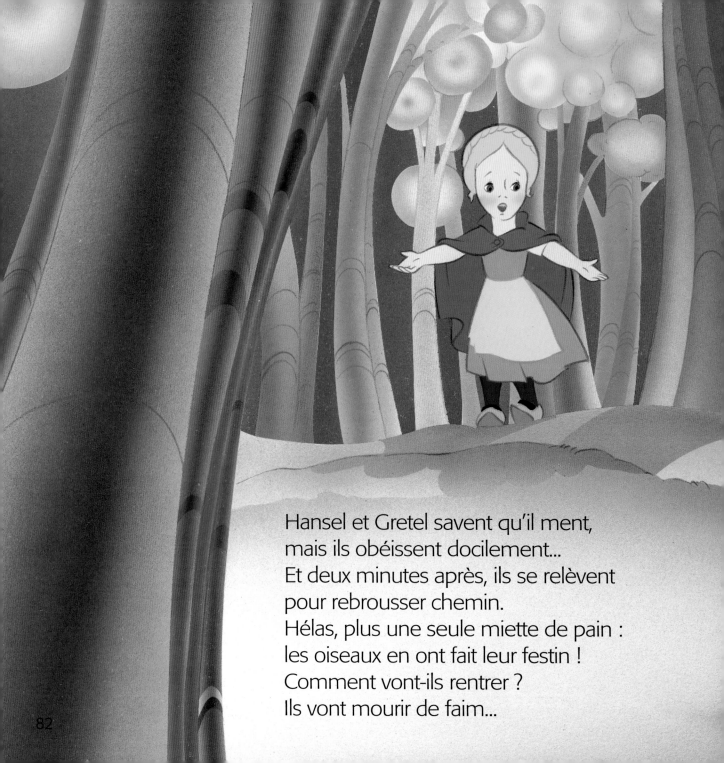

Hansel et Gretel savent qu'il ment,
mais ils obéissent docilement...
Et deux minutes après, ils se relèvent
pour rebrousser chemin.
Hélas, plus une seule miette de pain :
les oiseaux en ont fait leur festin !
Comment vont-ils rentrer ?
Ils vont mourir de faim...

Soudain apparaît un paon
blanc qui les conduit tout droit
vers une drôle de maison :
« Je ne sais pas qui l'habite,
dit-il... Mais elle est en biscuit,
en sucre et en nougat. »

On n'a pas tous les jours
un beau goûter comme ça.
Les enfants ne résistent pas.

Or, à l'instant où le garçon croque un biscuit,
une affreuse vieille femme surgit : « N'ayez crainte, mes petits,
leur dit-elle gentiment, mais au lieu de grignoter les murs de
ma maison, entrez plutôt, j'ai pour vous des bonbons. »

Elle a aussi des gâteaux excellents,
des tartes, des clafoutis, des croissants,
des babas, et des kilos de chocolat.
Jamais les deux enfants
n'en ont mangés autant !

Mais la maison-gâteau était un coup monté,
un piège pour attirer les enfants égarés.
Et l'accueillante hôtesse...
une terrible ogresse !

Dès qu'Hansel a mangé, elle le fait prisonnier dans un sombre cachot, derrière les barreaux !

– Quant à toi, ma petite, déclare-t-elle à Gretel,
j'ai bien envie de te manger tout de suite.
Mais pas crue, rassure-toi, tu seras meilleure cuite !
Allons, pousse-toi un peu, que j'alimente mon feu...

Comme elle s'approche du four ouvert
avec son gros fagot, elle se penche
un peu trop, et Gretel en profite
pour la pousser dedans !
« La vieille est en enfer !
déclare-t-elle joyeusement
en rejoignant son frère. »

Hansel la remercie, puis il regarde autour de lui.
Soudain il s'écrie :
« Regarde un peu ça ! »
Car derrière les murs de chocolat, la sorcière a caché
son trésor : des bijoux, des diamants, des pièces d'or !

Et il ajoute tout content :
« Maintenant, nous pouvons
retourner chez nos parents.
Ils auront de quoi vivre
et nourrir leurs enfants
jusqu'à la fin des temps ! »

Les parents ont été fous de joie de retrouver les enfants.
Et ils ont vécu heureux ensemble très longtemps.

# Le Petit Chaperon rouge

Il était une fois une petite fille qu'on appelait
le Petit Chaperon rouge. Un jour, sa mère lui dit :
« Porte donc cette galette à ta grand-mère malade.
– D'accord, dit la fillette, ravie de la promenade. »

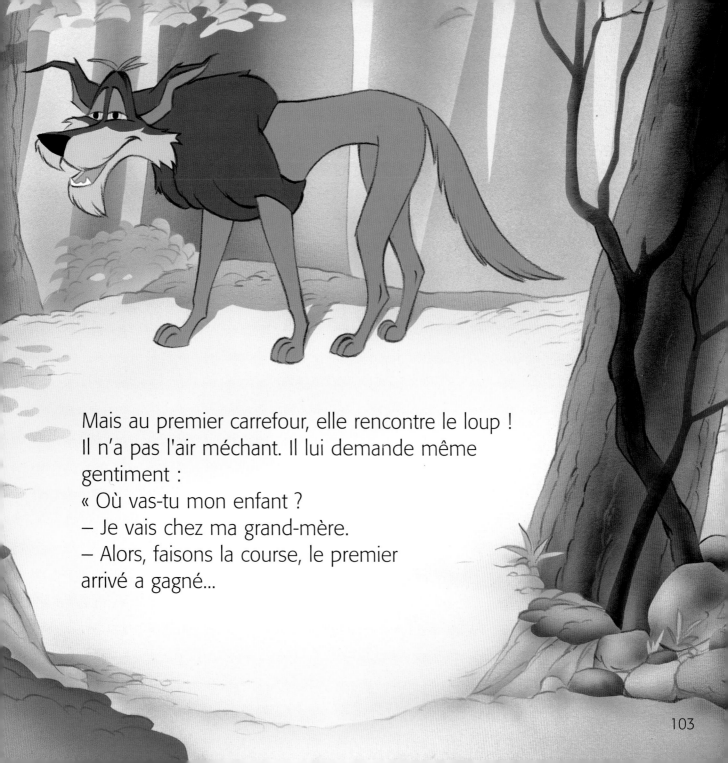

Mais au premier carrefour, elle rencontre le loup !
Il n'a pas l'air méchant. Il lui demande même
gentiment :
« Où vas-tu mon enfant ?
– Je vais chez ma grand-mère.
– Alors, faisons la course, le premier
arrivé a gagné...

« – Moi, je passe par l'étang, dit le loup.
– Et moi par le moulin ! Quatre, trois, deux, un... partez ! » Ils s'élancent en même temps.

Mais c'est le loup qui arrive le premier,
évidemment ! Il frappe à la porte, disant
d'une toute petite voix :
« C'est votre petite-fille, grand-mère, ouvrez-moi !
– Tire sur la chevillette, la bobinette cherra... »

Pauvre grand-mère ! Dès que la porte s'ouvre,
le loup bondit, et sous l'œil ébahi des écureuils
et des souris, il l'avale tout entière puis se couche
dans son lit !

Quand elle arrive enfin, la petite fille se dit :
« Je suis arrivée la première. »
– Ouvrez-moi donc grand-mère !
– Tire sur la chevillette, répond le loup.
Et la voilà qui entre sans se méfier du tout.
Mais elle s'étonne beaucoup...

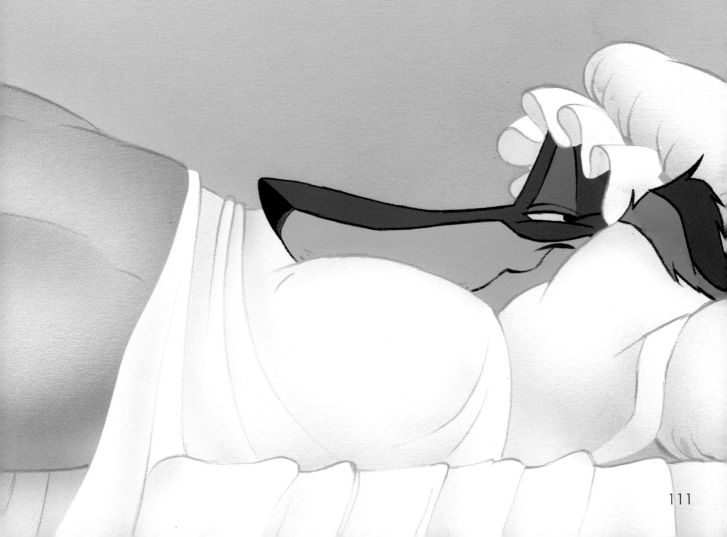

– Que vos oreilles sont grandes, mère-grand !
– C'est pour mieux t'écouter, mon enfant.
– Que votre nez est long !
– C'est pour mieux te sentir, Chaperon.
– Quelles grandes dents vous avez !
– C'est pour mieux te manger !

La petite fille n'était pas grosse, le loup n'en a fait qu'une bouchée. Et maintenant, il cherche un coin tranquille pour digérer...

Mais vlan ! Les animaux l'attendaient au tournant !

Ils l'attachent par la queue... et tirent tous en même temps.
Oh ! hisse ! Il est lourd le brigand !

Avec les pieds en l'air et la tête à l'envers,
bien malin s'il digère... Eh non ! Le voilà
qui crache son repas : la fillette la première
et ensuite la grand-mère ! Bien joué,
n'est-ce pas ?

Tout pourrait finir là. Mais comme on est gentil,
on ne laisse pas le loup suspendu par la queue.
On le détache et on le chasse :
– Hou !... hou !... hou !...Vas-t'en le loup !
Puis on rit tant qu'on peut !

Et le loup, tout honteux, part en se jurant
d'être moins gourmand.

# Pinocchio

Geppetto est bien triste car il n'a pas d'enfant. Mais un jour,
il fabrique une marionnette en bois qui se met à bouger
et à parler.

Tout content, il l'appelle Pinocchio, lui donne un peu
d'argent et l'envoie à l'école. Hélas, sur son chemin,
le pantin rencontre deux coquins… Quand ils ont bien
bu et bien mangé, c'est Pinocchio qui doit payer.

Ils l'entraînent dans un champ, et là,
ils lui font croire qu'en plantant
soigneusement ses quelques pièces
d'argent, demain, il en aura cinq cents !

Sûr de faire une affaire,
Pinocchio met son trésor dans la terre…

Puis, au lieu de rentrer,
il s'endort tranquillement.
Mais le lendemain matin,
l'argent n'a pas poussé.
Au contraire: il a été volé!

« Les coquins t'ont roulé ! »
lui dit un perroquet.
« Retourne chez ton père ! »

131

Pinocchio n'a pas fait dix pas que des bandits
l'attaquent. Il faut voir comme il court malgré ses pattes en bois !

Une maison !
Vite, il s'y
précipite. Or, la fée qui
l'habite pose beaucoup de questions…

« Tu reviens de l'école, Pinocchio ? »
Et comme il répond oui, son nez de bois
grandit, grandit… pour dire qu'il a menti.
Mais la fée lui pardonne, et son nez rétrécit !

Il est bien décidé à rentrer. Mais voilà qu'un cocher l'invite à embarquer…

... pour le Pays des Jouets ! Il ne peut résister. Or, là-bas,
il se conduit si mal qu'il se transforme en âne !

Un directeur de cirque l'emploie comme acrobate. Mais il le revend car il s'est cassé une patte.

Et son nouveau patron est encore
plus méchant : pour lui prendre sa peau,
il décide de le tuer en le poussant
à l'eau…

Mais dès qu'il touche les flots… miracle ! Le pauvre bourricot
redevient Pinocchio. Il n'a pas fait trois brasses, hélas,
qu'une énorme baleine… l'avale !

Tiens ! Dans son ventre, il y a déjà quelqu'un :
« Papa ? » « C'est moi ! dit Geppetto. Je t'ai cherché
partout ! À pied, à cheval, en radeau…
et je viens de couler ! »
« Alors, dit Pinocchio, rentrons à la maison. »
Et hop ! Ils sautent sur le poisson.

Une fois à la maison,
Geppetto se repose...
mais Pinocchio travaille.

« Bravo ! » lui dit la fée,
« Soigne bien ton papa,
apprends bien
tes leçons, et je ferai
de toi un vrai
petit garçon ! »

146

# Le Chat botté

À la mort de leur père, les trois fils
d'un meunier se partagent ses biens.
L'aîné a son moulin, le deuxième a
son âne, et le troisième... son chat !
Il est très déçu. Mais le matou lui dit :
« Donne-moi un bel habit, et tu verras... »

149

Le garçon, intrigué, lui fait faire un chapeau
et de grandes bottes fourrées pour chasser
dans les bois. Le chat ne tarde pas à prendre
un gros lapin qu'il porte chez le roi...

150

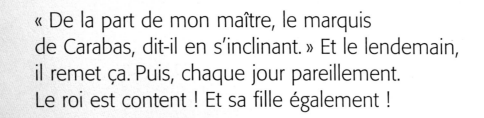

« De la part de mon maître, le marquis
de Carabas, dit-il en s'inclinant. » Et le lendemain,
il remet ça. Puis, chaque jour pareillement.
Le roi est content ! Et sa fille également !

153

Or, une semaine plus tard, comme il passe
avec elle près d'un étang, le roi entend :
« Au secours, le marquis de Carabas se noie ! »
C'est une ruse du chat, mais il ne le sait pas.
Et comme il se souvient des délicieux lapins,
il ordonne à ses gens de sauver le marquis.

Aussi vite fait que dit. Un valet saute à l'eau, tire le garçon de là, et lui donne un habit pour qu'il ne prenne pas froid. Puis le roi lui propose de le ramener chez lui.

Cependant, le chat prend les devants.
Voyant des paysans qui travaillent
dans les champs, il leur dit, menaçant :
« Je vous ordonne de dire au roi
que ces terres et ces bois
sont au marquis de Carabas ! »

« À qui sont ces champs ?
demande bientôt le roi.
– Au marquis de Carabas !
répondent les paysans. »
Le roi est ébloui.

Mais le fils du meunier
l'est encore plus que lui
en voyant la princesse,
assise en face de lui,
qui lui sourit...

Quant au matou, il court toujours. Il arrive
chez un ogre plus ou moins magicien...
mais heureusement, pas très malin !
Le chat est décidé à lui jouer un bon tour !

« Je vous salue, Messire ! lui déclare-t-il sans rire.
On dit que vous vous transformez en lion ou en panthère,
c'est extraordinaire ! Mais en souris, le pouvez-vous ?
– Rien de plus facile ! dit l'ogre. »

Et aussitôt, il montre ce qu'il sait faire.
Le chat lui saute dessus et le dévore tout cru !
Puis, bondissant dehors, il va ouvrir
les grilles au roi et à sa fille :
« Bienvenue chez le marquis de Carabas ! »
En voyant le château, le roi n'en revient pas !

« Eh bien, marquis, déclare-t-il
au jeune homme, j'apprécie vos richesses.
Si vous aimez ma fille, je vous la donne. »
Et le fils du meunier épousa la princesse !

Quant au Chat Botté, il vécut très gâté
près des nouveaux mariés.

# La Belle au bois dormant

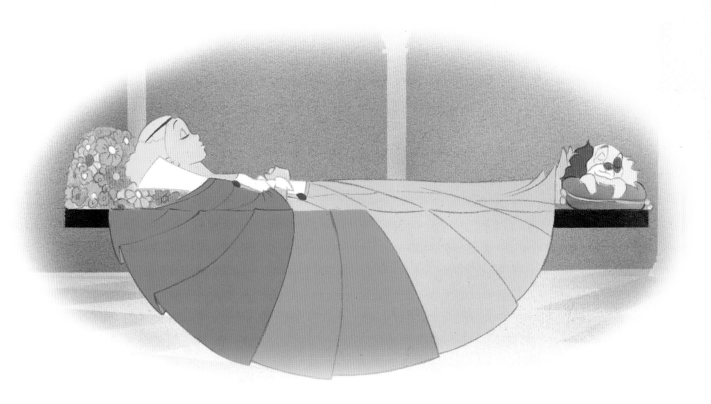

Il était une fois une reine et un roi qui vivaient tristement, faute d'avoir un enfant. Même leur chien s'ennuyait, tout seul dans le palais ! Mais un beau jour, enfin, une petite fille leur vint.

173

Toutes les fées, aussitôt, lui apportent un
cadeau. L'une lui donne la beauté, l'autre
une voix pour chanter… Mais quand
la dernière veut parler, malédiction !
Une horrible sorcière fait son apparition !

« On ne m'a pas invitée !
rugit-elle de colère.
J'ai pourtant moi aussi
un beau cadeau à faire :
lorsque tu grandiras,
tu te piqueras le doigt
et tu mourras ! Voilà ! »

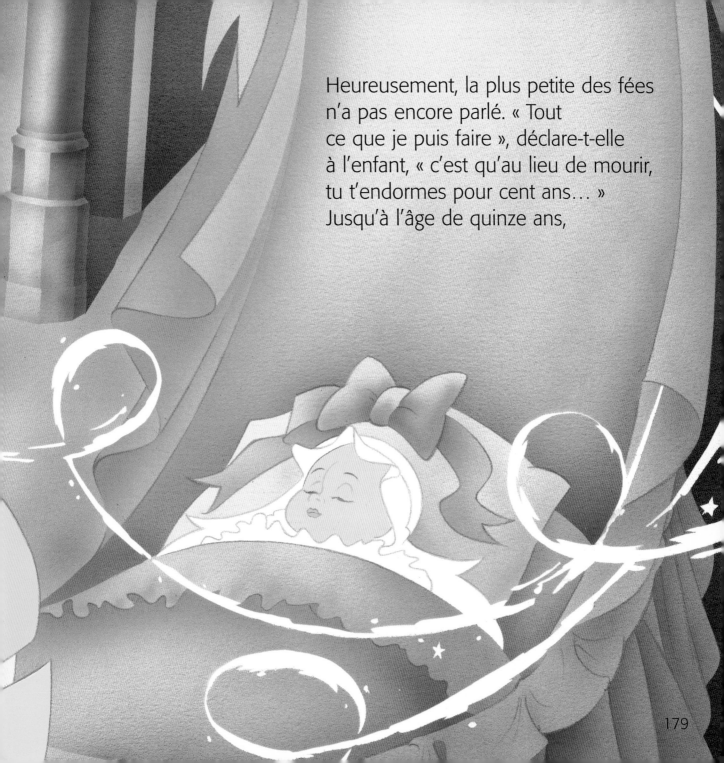

Heureusement, la plus petite des fées n'a pas encore parlé. « Tout ce que je puis faire », déclare-t-elle à l'enfant, « c'est qu'au lieu de mourir, tu t'endormes pour cent ans… » Jusqu'à l'âge de quinze ans,

la princesse va très bien. Mais un jour
qu'elle s'amuse avec son petit chien,
gravissant derrière lui un escalier de pierre…

Elle tombe sur la sorcière ! Elle veut fuir en courant, mais elle n'a pas le temps : brandissant son fuseau, la vieille lui pique la main ! Aussitôt, la princesse bascule à la renverse, endormie pour cent ans !

« Quand elle se réveillera, se lamentent ses
parents, nous serons morts depuis longtemps ! »
Mais la petite fée a une idée :
elle décide d'endormir tous les gens du château.
De la cave au grenier, tous se figent d'un coup,
même les gardes dorment debout !

Un siècle s'est écoulé sans que rien n'ait bougé. Seules les ronces ont poussé autour du château. C'est alors qu'un matin, le fils d'un roi voisin, apercevant au loin les remparts et les tours, décide d'y faire un tour…

187

Dès qu'il voit la princesse, il tombe amoureux d'elle.
Hélas, elle dort toujours. Mais son amour fait des merveilles :
quand il l'embrasse, elle se réveille !
Et tout le monde avec elle !

« Comme ils s'aiment ! » se dit
le roi et il n'attend pas davantage
pour annoncer leur mariage !

190

Et le peuple en liesse acclame le mariage
du prince et de sa princesse.

# La Petite Sirène

Elle devrait être heureuse,
la Petite Sirène, au royaume de la mer !
Eh bien non, au contraire :
son seul rêve est d'aller sur terre.
« Ah ! Si seulement j'avais des jambes ! »
soupire-t-elle tristement.

Mais comme elle n'a qu'une queue de poisson,
elle doit se contenter d'aller à la surface
voir les bateaux qui passent. C'est ainsi
que l'un d'eux fait naufrage sous ses yeux.
Tous les marins se noient, les malheureux !

Sauf un. Car la Petite Sirène,
lorsqu'elle le voit si beau,
décide de le sortir de l'eau.
Ça y est, il est sauvé !
Mais il ignore par qui,
car il s'est évanoui...

199

Et la Petite Sirène est déjà repartie.
Toute seule au fond de l'eau, elle pense
à son marin. Comme elle s'ennuie de lui !
Elle ne peut l'oublier...

« Dame sorcière, supplie-t-elle, faites-moi
pousser des pieds, que j'aille le retrouver !
– D'accord... mais toi, donne-moi ta voix
d'or ! » Sitôt dit, sitôt fait.

La sirène a maintenant des jambes et des pieds
pour marcher... mais elle n'a plus de voix.
« Tant pis, pense-t-elle, le principal, c'est d'être belle. »
Et en effet, quand le jeune homme la voit,
il est émerveillé :
– Mettez cette robe,
dit-il, vous allez prendre froid...

Et pour qu'elle ait plus chaud,
il la conduit dans son château...

Car c'est un prince ! Elle danse avec lui toute la nuit !
« Mes jambes font des merveilles, pense la Petite Sirène.
Dommage que je sois muette ! »

Quand la musique s'arrête,
le beau prince l'abandonne
pour aller discuter avec
d'autres personnes...

« S'il entendait ma voix, soupire
la malheureuse, il ne me quitterait pas ! »

Ses sœurs, au fond de l'eau,
ont appris la nouvelle.
« Dame sorcière, implorent-elles,
faites quelque chose pour elle !
La sorcière leur répond :
– Portez-lui ce flacon, c'est un filtre
d'amour, ça réussit toujours ! »

La sorcière a dit vrai : à la première gorgée,
le prince aime la sirène ! Alors, sans hésiter,
il oublie son château et la suit au fond de l'eau...

Elle retrouve aussitôt sa jolie voix d'avant
pour demander à ses parents :
– Puis-je épouser mon prince charmant ?
– D'accord ! répondent-ils joyeusement...
Mais à une condition : ayez beaucoup d'enfants.

Le prince et la sirène vécurent heureux longtemps, dans leur château au fond des eaux.

# Boucle d'Or
## et les Trois Ours

C'est l'histoire d'une fillette
appelée Boucle d'Or.
Comme elle est très curieuse,
elle passe son temps dehors.
Elle furète, elle explore.
Un jour, dans la forêt,
elle tombe sur une drôle de maison,
ronde comme un champignon.

Tiens ! La porte est
ouverte ! Entrons !
La maison est déserte,
mais tout est bien rangé
dans la salle à manger.
Contre le mur, trois balais
sont dressés : un grand,
un moyen, un petit...

Qui peut bien vivre ici ?
Sur la table, trois bols
de chocolat : un grand,
un moyen, un petit.
Boucle d'Or a très faim,
elle goûte le chocolat.
Dans le grand bol,
il est trop chaud.
Trop froid dans le moyen.
Dans le petit, il est à point.
C'est celui-ci qu'elle boit.

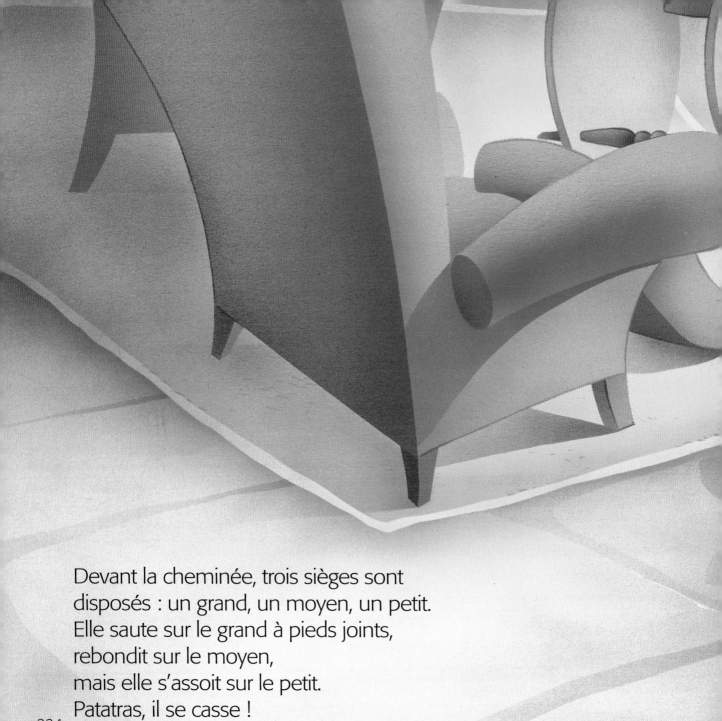

Devant la cheminée, trois sièges sont
disposés : un grand, un moyen, un petit.
Elle saute sur le grand à pieds joints,
rebondit sur le moyen,
mais elle s'assoit sur le petit.
Patatras, il se casse !

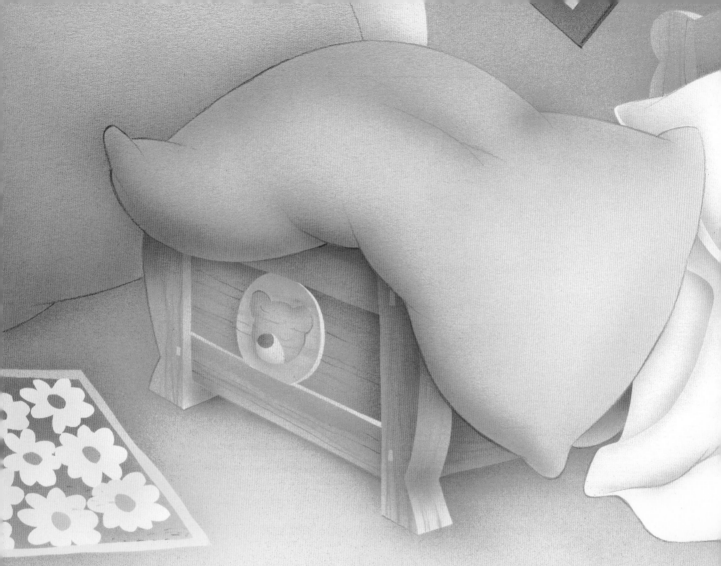

Dans la chambre, au premier, trois lits sont alignés :
un grand, un moyen, un petit. Lequel choisir pour
s'allonger ? L'un après l'autre, elle les essaie.
Le plus grand est trop mou, et le moyen pas bien :
c'est le petit qui convient. Sitôt couchée,
elle dort à poings fermés.

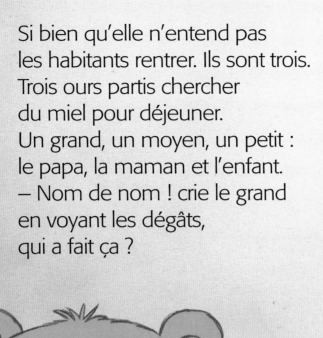

Si bien qu'elle n'entend pas
les habitants rentrer. Ils sont trois.
Trois ours partis chercher
du miel pour déjeuner.
Un grand, un moyen, un petit :
le papa, la maman et l'enfant.
– Nom de nom ! crie le grand
en voyant les dégâts,
qui a fait ça ?

Quand le petit trouve son fauteuil cassé,
il se met à pleurer. Le papa réfléchit :
« La porte est ouverte, des voleurs
sont entrés !
– Soyons prudents, dit la maman...

Elle monte l'escalier en tremblant...
– Mon Dieu ! Les lits sont tout défaits !
– Et dans le mien, il y a quelqu'un !
dit le petit. C'est sûrement un bandit ! »
Ils entrent dans la chambre...

Mais, au lieu d'un voleur,
c'est Boucle d'Or qu'ils trouvent.
Et c'est elle qui a peur !
Le petit ours est tout content :
pour jouer, une petite fille,
c'est encore mieux qu'une sœur !

Il veut lui dire un mot gentil...
Mais Boucle d'Or saute du lit et s'enfuit !
Pour une fois qu'il avait une amie !
Le petit ours est tout déconfit.
« Allons, dit son papa en riant aux éclats,
ne fais pas cette tête-là,
peut-être qu'elle reviendra... »